호
밀
밭

호밀밭

ⓒ 박월복, 2023

초판 1쇄 발행 2023년 7월 25일

지은이	박월복
펴낸이	이기봉
편집	좋은땅 편집팀
펴낸곳	도서출판 좋은땅
주소	서울특별시 마포구 양화로12길 26 지월드빌딩 (서교동 395-7)
전화	02)374-8616~7
팩스	02)374-8614
이메일	gworldbook@naver.com
홈페이지	www.g-world.co.kr

ISBN   979-11-388-2129-2 (03810)

• 호밀밭 시집은 2023년도 천안문화재단 문화예술지원금을 지원받은 사업입니다.

호밀밭

박월복 시집

좋은땅

목차

1부 호밀밭

2부 그 숲에 가고 싶다

1부

호밀밭

호밀밭

저 멀리 눈부신 빛을 바라본다

바람은 호밀을 흔들고
호밀은 끊임없이 바람을 밀어낸다

청정한 호밀 일렁임이 들판을 가로지르며
파도치듯 쉼 없이 메아리친다

풀빛 닮은 호밀밭에 강아지 한 마리
얼룩소 음매 소리에 송아지 한 마리

흰 구름 흐르듯 언덕을 일구는 사람들
안개 내린 듯 호밀밭에 안긴 바람

평화가 숨 쉬고 자유가 춤추는 초록 세상에
청정한 영혼이 나직이 속삭이는 말
사랑해 애들아

바람도 멈춰서 웃고 구름도 흐르다 웃고
호밀은 쉼 없이 바람을 맞으며 흘려보낸다

자연의 바람은 말없이 오가고 농부의 바람은 사연이 많다
호밀은 희망의 새싹을 틔우고 한여름 태양에 황금빛으로
물든다

자식이 많은 아버지는
꿈속에서도 일하는 꿈을 꾸고
호밀밭이 온통 황금밭이 되어 풍년을 맞이하는 꿈을 꾼다

아이들이 무럭무럭 자라 이 나라의 주역이 되고
이 사회의 주인공이 되는 그날을 위해
꿈속에서도 호밀을 키우고 일상에서도 호밀밭을 일군다

바람은 호밀을 흔들고
호밀은 끊임없이 바람을 밀어낸다

호밀밭은 농부의 발자국에 귀 기울이고
농부의 웃음에 웃고 농부의 울음에 운다
그 호밀밭 한가운데 농부가 서 있다

농사일을 자식에게는 대물림하지 않으리라 다짐하며
호밀밭을 일군다

그 아버지의 아버지가 그랬던 것처럼
먼 후일 그 자리엔 손자의 손자가 서 있을게다

바람은 호밀을 흔들고
호밀은 끊임없이 바람을 밀어낸다

오늘도 끝없는 그 길 위에서
새벽이 밝아 온다

꽃

꽃 한 송이
나비처럼 날아와 바람같이 떠났다

향기 한 점은 영혼을 깨우고
기억 저편의 언덕 너머로 사라졌다

꽃은 탐스러워도 향기가 없고
바람은 세차도 향기를 날리지 못하니

예전의 꽃송이는
전설이 되고
설화 속으로 별 따라가 버린 향수
그 먼 옛날의 그리움이 되었다

달빛에 파도 밀리고 별빛에 은하수 내리듯

봄은 오는 듯하더니
여름에 내어 주고

꽃송이 소담한 향기는

그리움 먹고

전설을 먹고

박제가 되어 박물관에 서 있다

봄꽃은 한껏 피워 올라 열흘을 견디지 못하고

인생은 하늘 높은 줄 모르고 치솟았다가도 백 년을

넘기지 못하니

바람에 쓸리듯 떨어진 꽃 한 송이

잊혀진 그 이름 석 자

초연히 가슴에 묻었다

유채 연가

인연은 바람처럼 다가와 물같이 흐르고
사랑은 유채꽃 피듯 다가와 천사처럼 말을 한다네

달콤한 속삭임으로 인생을 축복하라고
서로 격려하고 의지되는 힘이 되라고

관용은 파도처럼 밀려와 바람처럼 다가서고
별빛처럼 감싸 안으라 하네
서로의 허물을 보듬고 안아 주며 칭찬하라고

함께 손잡고 같이 걷는 길
한곳을 바라보며 나란히 같이 가라 하네

유채꽃 길에서 첫눈에 반했듯이
나는 당신에게 눈이 멀고 당신의 짝이 되었네

영원한 내 사랑이라 부를 당신과
함께하는 삶을 위해

내 인생 모두를 걸었다네

그 길에서
유채꽃이 증인 되어
한들한들 웃는다네

아카시아꽃

설렘을 한 아름 안은 가슴이
붉은 아카시아 길을 걸어간다

오랫동안 숨겨 온 사랑이
살며시 손을 잡자 가슴까지 콩닥거린다

심장은 아카시아꽃 피어나듯 흔들리고
아카시아 꽃잎은 바람 따라 산들거린다

흰 구름 바람 타고
살며시 다가온 초여름은 싱그럽고

아카시아꽃은 태양빛에 타올라
나비처럼 너울거리고

그대를 사랑하는 마음은
아카시아꽃처럼 반짝인다

아카시아꽃을 닮은 해맑음

오뉴월의 햇살

그대를 향한 사랑이 영원하듯

사랑은

아카시아 피어나듯 시작된다

해맑은 그대의 웃음이

나의 붉은 심장을 멈춰 세우듯

장미

돌담에 내리는 햇살이 땅을 어루만지며
한 떨기 바람처럼 다가와 손을 흔든다

길목을 돌아 동구 밖으로
담쟁이넝쿨 장미가
아지랑이 피어오르듯 향기를 뿜어낸다

돌담 어귀에서
골목길을 향한 길에는
온통 장미의 향기로 진동한다

나비는 춤을 추고
장미는 향기로 유혹하고

태양은 높이 솟아올라
붉은 장미를 더욱 붉게 물들인다

해 질 녘이면

행여 오실 그리운 임을 기다리며
귀를 쫑긋 세우고 있다

안식이 내리는 밤이면
은하수 건너 반짝이는 별빛 따라 그리움 타고

나무의 정령과
바람의 요정이
향기를 고이 품었다가

아침 이슬이 반짝일 때
태양 아래 더욱 붉어져
짙은 향기로 다시 피어난다

해바라기

중앙아메리카에서 먼바다를 건너
국화과 한해살이풀 해바라기가
양지바른 언덕에 닿았다

구도자의 영혼같이 해를 바라보며
한낮을 보내고
해넘이에 눈을 감고 고독에 잠긴다

러시아의 국화로
중국 땅에서는 향일화
콜럼버스 신대륙 발견 격동의 시기에
태양의 꽃 황금의 꽃으로
명예로운 너는

빈센트 반 고흐의 영감에
격정적인 태양의 꽃으로
후기 인상주의 대가의 사랑이었다

작열하는 태양의 도시
프랑스 아를에서
설렘 가득 힘이 차고도 넘치는
뜨거운 열정은 희망이었다

한낮의 태양이 치솟아 이글거리는
카리브해와 지중해에서
정열의 삶과 예술이 투영된
영혼의 꽃이여

네 영혼이 순수하거든
해변이 보이는 창가에 서라
네 의지가 강렬하거든
관념을 깨는 파괴자가 돼라

그리고 고요히 다가오는
창조를 맞이하라
너는 분명
백 년 뒤에 오는 천재성에 깨어나리라

백일홍

천년 고찰 뜨락에
백일홍이 피었다

벌레 소리
풀 향기
산사의 전경이 청량한데

처마 밑 풍경 소리에 꽃잎이 지고
동자승 발걸음에 또 꽃잎이 진다

법당의 염불 소리
보살의 예불
행인의 발길이 사라지자

바람처럼 날아온 새 한 마리가
배롱나무꽃에 앉아
속삭이는 말

공주님 안녕
반가운 인사말에
꽃잎 살포시 미소 짓는데
범종각 종소리가 번뇌를 깨우고
염불 소리가 침묵을 깬다

산사의 뜨락엔
배롱나무 한 그루
산새 한 마리

그것으로도 넉넉한데

산허리 위에
둥근달이 슬그머니 다가와
풍경을 더한다

연꽃

동이 트는 햇살에
꽃잎을 열고

땅거미 지는 놀에
꽃잎을 닫는 귀공자

달빛에 잠을 자듯
꽃잎 오므라지는 수련을 수행자라 한다면

바람처럼 피어난 보살같이
열반의 안내자요
해탈에 이르게 하는 꽃을
연꽃이라 하네

나는 보았네
연꽃 한 송이

석가모니불

영산회상 법좌에서
가섭의 미소를

붉은 연꽃 더 붉게
하얀 연꽃 더 순결한

깨닫고 뒤돌아보니
석가모니불 미소처럼
연꽃이 피었네

능소화

바닷가 어부의 담장에
제주 돌담에
곱디고운 능소화 피었네

산자락 돌아
산골 마을 동구 밖
시냇물 건너
농부의 마당에

산사의 뒤뜰
고궁의 정원에도
시골집 앞마당에도
능소화 곱게 피었네

전통가옥 기와집
촌로의 초가에도

나비처럼 날 듯

바람처럼
자유로운 영혼이여

소망을 담은
여름빛의 꽃이여

복사꽃 붉은 뺨 소화의 사랑은
임금님의 무심 속
궁녀의 시샘과 음모
구중궁궐 상사병으로 한 줌의 흙이 될지라도

일백 번을 죽어서
담장에 묻히고 묻힌다 해도

내일에는 오실
임금님을 기다리는 능소화라네

연꽃 행복

맑은 바람
백련 향
푸른 하늘 아래 연꽃이 곱다

한껏 멋을 부린 나들이에
아장아장 아기도
손잡고 걷는 엄마도
사진을 찍는 아빠도 흥에 겨워 해맑다

순간을 즐기며
행복하라고
연꽃이 나직이 속삭이는 말

그 말을 엿듣고
아기가 방긋

아기의 방긋 웃음에
엄마도 방긋

연꽃을 닮은 사람들
연꽃 한 송이의 예쁨이
초여름같이 푸르다

초록 비

들녘의 초록 비 봄을 부르고
숲속의 안개비 연둣빛을 부른다

강가의 가랑비는 실개천이 그립고
창가에 내린 비는 강가가 그립다

봄비 그친 뒤
어디선가 들리는 뻐꾸기 소리
잃어버린 둥지 찾아 날아드는데
초록 세상 잎새마다 여름빛이 살뜰하다

서쪽 먼 하늘이 밝아 오니
이슬비 그치고
뻐꾸기 둥지에
초록이 뚝뚝 떨어지는데

연둣빛 곱다 고와
실개천도 푸르고

녹음은 짙푸르러
강가도 풍성하다

산들바람 안개비에
초록은 휘날리고
하늘에서 땅끝까지
짙게 물든 연둣빛

오월의 푸르름이
아이처럼 해맑다

시골집

장미는
시들어도 장미고
꽃잎은 져도 붉은 장미다

드높은 하늘에
은행 땡글이 맺히고
고추 푸릇푸릇 여물어 가는데

시금치
상추에
열무 다듬는 손이 재밌다

한낮의 더위를 식히는
한줄기 소낙비 청량한데
들판을 가로지르는 무지개 언덕 넘어
풀 뜯는 염소마저 바쁘다

꽃은 저 홀로 피어도

저리 예쁘고
채소는 홀로 자라도
저리 청정한데

도시로 돌아갈 며느리는 열무 다듬기에 바쁘고
강아지마저 뛰놀기에 바쁜
시골집 풍경이 짧은 해를 넘긴다

백련

꽃잎 하나 이슬 먹고
바람마저 숨죽이고 서 있다

순결한 영혼이 깨어나
생명의 근원을 반복하며 깨달음을 얻는 꽃

노루가 다가오는 발소리에 귀 열고
산새 지저귀는 가락에 자란다

청초한 모습
우아한 맵시로
흰 구름 먹고

숲의 정령과
나무의 요정처럼
고결한 자태로 도도하다

맑음의 떨림

순결한 자태를 감싸 안을 듯
풍경 소리가 산사를 깨운다

발꿈치 들고 까치발로 다가가
백련을 보려 하면
수줍은 볼 미소처럼
꽃잎을 닫고 은밀한 내면을 감추고 있다

고추 붉어지듯

고추 붉어지리 붉은 태양 아래
은행 익어 가리 여름 소낙비에

태양이 붉다 붉어
무더위가 끓는다 해도

세상이 시끄럽고 탈도 많다지만
너는 익어 가리 탱글이
나도 붉어지리 더 맵게

한여름 더위
뜨거운 태양
여름은 곧 저물고

가을이 오면
너의 진가가 낱낱이 드러나리니

여기 있다 말을 하지 아니하여도

가치와 존재감에
무게중심이 되고 세상을 맛깔나게 하는 중심에 서리니

모든 일은 다 때가 있듯이
순리대로 흘러가고 드러나니

슬퍼하지 말고 노여워하지 마라
때가 아니면 참고 견디며 인내하라
인생의 승리자는 끝까지 살아남아 최후에 웃는 자이니

급할 것 없고 서두를 것도 없나니
고추는 더 맵게 익어 가고
은행은 땡글이 여물어 가니

곧 가을이 오고 때가 되면
너는 세상의 빛이 되리라

밤송이

한여름 뽀족한 가시 올랐던 밤송이
알톨이 익어 가는 구월은

알밤이 뚝뚝 떨어지는 소리에
토실한 가을이 익는다

먼 산 해넘이 끝에
하루가 저물고

봄부터 가을까지
애태우던 농심도 잠시 쉬어 가는
해넘이에

밤송이는 탱글이 익어
알밤을 내밀고
농부의 손을 애타게 기다리고 있다

앞산 양지바른 언덕에

나뭇잎 떨어지고
뒷산 햇살 내리는 언덕에 낙엽이 뒹굴면

밤송이 뚝뚝 떨어지는 소리에
다람쥐는 귀를 쫑긋 세우며 밤을 주워 모으고
농부는 저 밤을 주워야 하는데 하며
또 하루를 넘긴다

성찬

밥 한 숟가락
고추장 한 종지
고추 한 개

밥 한 숟가락을 입에 넣고
고추를 고추장에 듬뿍 찍어 먹는다
아삭아삭 씹히는 고소함이
입안 가득 새콤하다

독 오른 고추에서
매운맛이 나야 될 터인데
씹을수록 고소하고 상큼하다

고추의 고소함같이
마주 앉아 웃어 주는 다정한 그대

휴일 아침
밥 한 숟가락과 고추 하나

그 위에 더해진 편안한 휴식

사랑의 축복과
순간의 행복을 고추에 담으며

그 어떤 밥상보다도
맛있고 달콤한
사랑으로 채워진 성찬을 맛본다

초록 나무

그 길을 걷고 싶다
유월이 오면

오솔길을 걸었던
풋풋한 그날

천년의 숲 비자 향기
그날처럼 꽃 피고 새 지저귀건만
바람 따라 가 버린 사람

달빛의 노래 별들의 반짝임
그 알 수 없는 밀어들
내일의 태양은 바람처럼 떠오르고 또 그날같이
찬란할까?

저 지저귀는 새는 날아 자유일까?

초록 나무가 전하는 말

기억 저편의 손짓
초록별의 속삭임

너는 천상의 소리를 듣고
나는 대지의 노래를 부른다

너의 영혼은 천사처럼 웃고
나는 나무처럼 서 있다

초록 달은 지고
초록 별은 다시 떠오르고

그 길을 걷고 싶다 유월이 오면

너의 영혼은 천상에 있고
난 지상의 나무로 서 있다

세월

오실 때 기척이라도 하시고
가실 때 살짝 흔적이라도 남기고 가시지
살그머니 다녀가시는 당신의 숨결이 그립습니다

어느새 곁을 스치는 듯싶더니
뒤돌아보니
당신은 저 멀리 가고 있네요

시간은 흐르고 세월은 가는 것
나이를 먹는다는 것은
세월이 간다는 것이겠지요

예전에 안 보이던 것이 보이고
예전에 들리지 않던 것이 들리는 것을 보니

세월이 철들게 하고
시간이 성숙하게 하네요

지나고 보면 아무것도 아닌 것을
지난날의 인생은
집착과 욕심 속에 살았네요

이제 하늘의 뜻을 알고
마음 가는 대로 살아도 후회할 일은 없을 듯하니

이만큼 왔으니 감사하고
이렇게 살았으니 새삼 고맙네요

시간은 흐르고 세월은 가는 것
비우고 놓으니 인생이 보이고

살아온 지난날과
앞으로 남은 날이 보이네요

2부

그 숲에 가고 싶다

그 숲에 가고 싶다

여름빛에 빛나는 청량한
그 길

초록 숨소리가 부르고
빛이 생동하는
생명의 그 숲

삶이 아름답거든 숲에서 배우고
생이 윤택하려거든 숲처럼 살아라

어깨 위 자유
머리 위 이상
가슴엔 희망이
생명의 풍경화로 살아 숨 쉬는 그 맑음의 외침
그 숲에 가고 싶다

저 숲 끝에는
노루가 노닐다 간

산 까치가 머물다 간 자리마다
푸른 잎 청결함 맑고 고운 세상

영혼의 안식과 육체의 쉼이 있는
세상의 밀어들이 사랑을 나누며 하나 되는 곳

서로 손잡고 어깨를 감싸며
마음과 마음을 하나로 잇는 천상의 소리들

바람 같은 가벼움으로 함께 거니는 우리는
이 땅에서 함께 살아갈 둥지의 가족

높이 나는 산새의 흥겨움같이
그 숲에 가고 싶다
그 비상의 자유를

갈매기

그 알 수 없는 고요의 깊이
바닷속은 생존의 투쟁이다

파도가 넘실대고
푸른 물이 일렁이는
그 바닷속

물고기 떼를 쫓는 먹이사슬
사냥터 한가운데에 갈매기가 난다

바람이 거세지고
파도가 높아져도

물고기 떼가 지나가는 길목마다
천적들이 자리를 차지하고
먹이 잔치에서 한몫을 챙긴다

바람에 저항하고

파도에 맞서며
잽싸게 도망치는 물고기를 향해
바닷속으로 깊이 잠수한다

물고기 떼가 움직일 때마다
더 큰 힘을 내고
더 빠르게 물고기 떼를 뒤쫓는다

있는 힘을 다해 물고기를 잡는다
한 마리는 큰애 것
다른 한 마리는 둘째 것
이제 겨우 두 마리 잡았는데
물고기 떼가 사라진다

지친 몸으로 물 밖으로 나와
무거운 날갯짓을 반복한다

메세타콰이어 길에 서면

촉촉한 생기
부드러운 봄비로
온 세상이 초록 옷을 입는다

겨우내 목말랐던 잎사귀마다 목을 축이고
생명은 경외감으로 생기롭다

메마른 땅의 먼지는
부드러운 대지로 순화하고
청산은 새 생명의 잉태로 충만하다

연둣빛 잎새마다 촉촉한 생동
메세타콰이어 길을 걸으며 생명의 외침을 듣는다

새순은 파릇하고
풀잎은 더욱 짙푸르게
온 세상은 연둣빛으로 정화되었다

봄비 그친 뒤
새순이 손짓하는
메세타콰이어 길에 서면

분노는 평온함으로 슬픔은 기쁨으로 위안받고
시기와 질투가 사랑으로 순응한다

인생은 장거리경주니
조급해하거나 서두르지 말라 한다
시간은 충분하니 현재를 즐기며 노래하라 한다

그대 인생의 청춘같이
소망의 빛은 푸르고
더 좋은 일들이 많아질 거라 한다

있는 그대로

있는 그대로
사랑하고 존중하세요

함께하는 것
같이 가는 것
모든 곁에 있을 때가 행복입니다

항상 함께할 거라고
늘 같이 있을 거라는
믿음과 현실도 기쁨이지요

있을 땐 모르지만 떠난 후에 아쉬움
안 보이게 되면 그 서운함과 기약 없음을

그때는 이미 늦을지도 모릅니다

있는 그대로
사랑하고 존중하세요

모든 곁에 있을 때가 가장 빠른 시간이며
또한 최후의 순간일지도 모릅니다

영속의 시간으로 볼 때는 찰나이며 순간이지만
고통 속에서 지내기에는 너무 가혹하고
슬픔으로 견디기에는 너무 긴 인생입니다

현재를 즐기며 순간을 만끽하세요
남은 시간을 서로 사랑하며 살기에도 부족한 게
인생입니다

천년만년 영원할 것 같은 염원도
고작 백 년을 못 넘기고 천상에 오르는 것이 인생입니다

어부

바람이 불어오는 곳
그곳에 한 인간의 삶이 있다

미풍에 새우잠 자고
폭풍 속에서도 고기를 낚는다

한 조각 조각배에
생사를 걸고
태풍 앞에서도 삶의 현장은 계속된다

어두운 밤에 그물을 올리고
이른 새벽 낚시를 걷는다

생명과 생명의 숨바꼭질

망망대해 해돋이 며칠
칠흑 같은 어둠에 달빛 며칠
하늘엔 영롱한 별빛

어부는 별을 본 적이 없다

삶의 무게가
삶의 고단함이
육지에 닻을 내려놓고서야 한숨을 돌린다

어부는 육지에서도 바다를 그리고
육지 밥을 먹으면서도 바다 냄새를 맡는다

오두막집

고요
나뭇잎이 떨어지는 소리
적막
햇살이 들어오는 소리

창문에 걸린 흰 구름은 재잘거리며 지나고
이름 모를 새가 높이 난다

바람은 어쩌다 한 주먹씩 날아와
문풍지를 흔들고
처마 밑에 머물다 쉬어 간다

한적함
인적이 끊긴 지 오래다

어쩌다 한마디씩 던지는 말
밥 먹자
할머니가 강아지에게 하는 말이다

강아지마저 도를 터득한 듯 짖지 않는다

산골 마을 강아지
오두막집 할머니

세상살이 많은 것 필요 없고
많은 말도 부질없어 보인다

시골 풍경

문틈 사이로 초록이 지난다
창문 열고 바라보니
하늘빛 연둣빛 눈부신 봄빛이다

들녘 쟁기질 소리에
옆집 농부의 일손이 바쁘고
텃밭 상추 따는 아낙네의 손길도 바쁘다

논길에서 뛰어놀던
강아지마저 바삐 집에 돌아오는데
텃밭에 누워 있던 염소가 멍하니 서 있다

뒤꼍 닭장의 닭 한 마리는
아침부터 안 보이는데
가마솥 끓는 물을
고양이가 유심히 바라보고 있다

새벽부터 논갈이하던 농부가

집으로 돌아와 아침을 먹고
다시 일터로 나가는데

강아지는 꼬리 흔들며
닭 뼈를 빨고 있고
고양이는 강아지 바라보며 하품을 한다

달팽이 노래

어젯밤 산 까마귀
아침 산 까치
귓전에 맴돌다 사라진다

지난가을 낙엽은 자양분 되어
새순 돋아
초록을 키워 내니

소낙비 내린 뒤
달팽이 슬금슬금 기지개를 켠다

숲은 안개처럼
진초록을 흩날리는데

어제저녁을 굶은 산 까마귀
풀벌레를 찾고
오늘 아침을 굶은 산 까치
애벌레를 찾는다

산사의 아침이

안개 걷히듯 밝아 오고

산 까치 울음

산 까마귀 울음도 삶의 현장에선 애달은데

풍경 소리가 적막을 깨며 산사의 아침을 맞는다

대숲

댓잎 사그락거리는 소리
땅을 밟는 바람 소리
청정한 바람에 영혼이 일어나는 소리

우뚝 솟은 대나무를 보았는가

마디마다 푸름이요 가지마다 젊음이라
대숲이 말하지 않던가
크게 한번 웃어 보라고

아픔으로 많은 마디가 되고
시련을 견뎌 낸 후 청정한 대나무가 되는 것을

숲을 걸으면 보이지 않던가
상처와 흔적을 치유하는 영혼의 소리
다시 시작해 보라고 지난날은 다 잊어버리라고

숲이 전하는 말

이제부터 시작이라고

청정하게 걸으며 푸름을 바라보며 맑음을 들으라 한다

대숲의 속삭임

결의를 다지면 보이리라

일어나 다시 담대하게 걸으라 한다

너는 능히 할 수 있으니

다시 시작하라 한다

돌봄

누군가를 돌보아야 할 사람이 있다는 것은
의무이며 숙명일지도 모릅니다

간절히 간호해야 할 사람이 있다는 것은
태어난 이유 중의 하나이며 목적인지도 모릅니다

나로 인한 아픔이었다면
더욱이 그 사람을 돌보아야 하는 이유가
분명하고 명확해집니다

처음 보았을 때 소녀는 이제 백발이 무성하고
앳된 모습은 주름진 얼굴로 노인이 되었습니다

헌신적인 사랑으로
지금까지 나를 먹이고 입히고 살게 한 그녀가
이제 나 대신 아픕니다

그녀를 지극정성으로 돌보며 간호해야 하는 것은

보은의 기본이며 인간적인 예의겠지요

지나고 보니 더 좋은 것을 못 해 준 미안함
더 잘 대해 주지 못한 아쉬움
앞으로 그녀를 더 많이 아끼고 사랑으로 돌보아야겠지요

그녀의 아픔만큼 나는 더 아프고
그녀의 상처만큼 나도 깊은 상처를 느끼지만
기꺼이 인생의 한 부분으로 받아들이고

즐겁고 행복한 마음으로
그녀를 돌보고 사랑으로 치료할 겁니다
그녀는 지난날의 나의 인생이며 남은 내 인생의
미래니까요

그녀를 더 많이 사랑하는 것은 그녀가 많이 아프기
때문이며
누군가의 돌봄과 간호가 필요하기 때문입니다

나만이 그 사람의 아픔을 함께할 수 있으며
그 사람을 치료할 수 있습니다

긴 세월 동안 나를 돌보고 헌신했듯이

이제는 내가 그녀를 치료하고 돌볼 차례입니다

나란히

마주 보고 앉는 게 아니라 나란히 앉는다
영화를 보듯 한곳을 보며 나란히 앉는다

나란히 앉는다는 것은
우리의 목표가 하나이며 함께한다는 의미다

나란히 앉는 것만으로도
당신은 나의 친구이며 동반자다

힘들 때 곁에서 손잡아 주고
지칠 때 어깨에 기댈 수 있는 동반자다

지금 곁에 있는 당신과
함께 나란히 걷는 우리는 하나다

당신이 곁에 있으면 모든 할 수 있고
당신과 함께라면 못 할 일도 없다

먼 후일에도
우리는 지금처럼 하나이고
함께하겠지요

지금 한곳을 나란히 바라보며
함께 걷듯이
그대는 내 인생의 동반자입니다

청포도

청포도
탱글이 익어 가는 9월은
송골한 땀방울이 알알이 익어 가는 달

봄부터
쉼 없는 고단함이
돌봄과 보살핌에 활짝 피어나는 달

한여름 태양 아래 탱글이 익고
청량한 바람에 달콤히 익어 간다

탱글한 포도알 송이송이마다
송골한 땀방울이 함박웃음 짓는 달

검게 그을린 농부가 하얀 이를 드러내며 무뚝뚝하게
말한다
이 포도 다 따고 나면
단풍놀이 가잔다

포도알같이 뽀송한 미소를 띤

아내가 혼잣말을 내뱉는다

작년에도 그 말을 했었는데

타워

처마를 우러러봐도 네가 안 보이더니
탑에 올라 내려다봐도 네가 안 보이더라

잡으려 하니 잡히지 않고
놓으려 하니 놓이지 않은 술래잡기 마음처럼
많은 사람들의 애환과 추억을 함께했겠지

누군가는 도심의 상징이라 하고
누군가는 사랑의 지킴이라 하며
영원한 사랑을 맹세하고
사랑의 자물쇠를 채우니

네가 보기에는 어떠니

풍파 속에 수많은 세월을
변함없는 모습으로 도시를 지키고 서 있는 너

반세기 전 만남 이후부터

지금까지 내 곁을 지키는 그대처럼

탑

솟아올라라 더 높이
더 높이 솟아올라 내려다보아라

이 세상에서 너보다 높은 탑은 없으니
오만함도 하늘을 찌르리라

그렇지만 인간의 마음이
너를 내버려 둘 리 없다

오래지 않아
너보다 높은 탑을 세우려 하고 끝내는 더 높이 세우리라

인간이란 그런 존재거든
네가 미처 몰랐던
마음 한구석에는 탐욕이 앉아 자라고 있지

창세기에 나오는 바벨탑처럼
신의 노여움을 사고도

다시 하늘까지 탑을 쌓아 올리는 것이 인간이란다

지금 너는 최고로 높으니
순간을 즐겨라

머지않아 더 높은 탑을 쌓고
너는 끝내 허물어지리니

인간의 오만함이 하늘을 찌르고
신의 경외감도 저버리리라

산사

산사의 종소리에 낙엽이 진다
하늘은 푸른 호수요
땅은 호수를 담은 연못이니

맑은 눈
청정한 마음으로 바라보니
세상은 한 줌의 바람이라

날아가는 새의 깃털같이
바람에 떨어지는 낙엽 같은
삶이여

마음이 고요하면 수행자요
정신이 평온하면 큰 스님이다

잡은 것 놓으니 원초요
비우니 가벼운 영생이라

이 세상에 나올 때
떠날 때도 빈손이거늘
지금껏 가진 것도 과하며 족하니

비우니 가볍고
놓으니 보이는 것을

마음의 천국이
심신의 극락이 다 내 안에 있도다

3부

네가 있다는 것은

네가 있다는 것은

너의 이름을 부르는 순간 너는 이미 내 편이고
너의 손을 잡은 순간 너는 나의 친구다

네가 있다는 것은
실로 엄청난 에너지며
긍정의 기운으로
희망이며 용기다

너의 존재감

공감한다는 것은 하나가 될 수 있다는 것이고
소통한다는 것은 함께할 수 있다는 것이다

무엇이든지 같이 나누며
함께하는 동행

네가 있다는 것은
우주가 나에게로 다가오고

우리가 함께 손잡고 우주로 날아가는 것이다

서로에게 힘이 되고 격려가 되는 멋진 인생
네가 있음에 실현 가능하고 성장 동력이 된다

네가 있다는 것은 실로 엄청난 긍정에너지로
성공으로 가는 지름길이다

네가 있음에
너와 함께함에
우리의 미래는 밝음이다

괜찮아

비 온 자리 새싹 나고
꽃 진 자리 열매 맺듯
지나고 나면 아픔도 인생이란다

참새 지저귀고
새끼 여우가 우는 것은
자라며 학습하는 과정이니
힘을 내렴

시베리아 횡단 철새
남극 펭귄의 무자맥질도
삶의 일부란다

다 잘될 거야
현재의 삶이 아픔의 연속이고
슬픔의 연장선일지라도

용기를 잃지 않고

희망의 끈을 놓지 않는 한
반드시 웃는 날이 돌아온단다

그게 사는 거야
먼 훗날 되돌아보면
그것 또한 인생이란다

자 힘을 내렴
절망하는 시간에
다시 시작해 보렴

희망이란

희망은 꿈꾸며 사랑하며 움직이는 것

살아 있으나 희망이 없다면
삶의 의미가 없고
희망이 있으나 노력하지 않으면
꿈은 이루어지지 않으니까요

인생의 목표가 있다는 것은
흔들리지 않고 나아가는 힘이랍니다

무게중심이 균형을 이루어
앞으로 나아가는 데 훨씬 쉬워지지요

너무 크거나 이루기 힘든 목표보다는
일상에서 성취할 수 있는 작은 일부터 시작해 보세요

원대한 포부나 거창한 목표도
시작은 미약하나

작은 것부터 실천하고
이루어 내는 과정에서 완성되어 가는 것이니까요

어렵다고 생각하는 시간에
할 수 있다는 자신감을 가지고
조금씩 날마다 실천하며
작은 것부터 성취해 나가 보세요

몇 달이 지나고
몇 년이 지나면
자신도 모르는 내공이 쌓이고
더 크게 더 높이 성장해 있는 자신에게 놀라게 될 겁니다

천 리 길도 한 걸음부터
시작은 미약하나 끝은 심히 창대하리라는 말씀과 같이
지금부터 당장 시작해 보세요

당신은 세상에서 가장 존귀한 사람이며
이 세상에 나온 이유는
저마다의 가치를 높이고
존중받고 사랑받을 소임이 있기 때문입니다

그것을 깨닫고 자존을 높이고 실천해 나가는 삶이
세상을 변화시키고 자신을 존귀하게 만듭니다

더 멋지고 행복한 인생을 위하여
다시 시작해 보세요

당신은 이 세상에서 가장 멋지고 아름다운
소중한 사람입니다

내 사랑 신부여

시냇물처럼 맑게 오세요
순수로 맞이할게요
아침 햇살같이 밝게 오세요
순결로 다가설게요

빛이 있으라 하시니 세상에 밝음이 생겨나고
밝음이 있으라 하시니 세상에 찬란한 빛이 비추나니
그 영롱한 눈빛으로 우리 서로 마주 봐요

해처럼 맑고
달처럼 포근한 그대의 음성을 들으며
별같이 빛나는 순결한 마음을 드릴게요

달무리처럼 하나 되고
은하수처럼 서로 베풀며
우리 함께 손잡고 행복의 여정을 열어 가요

저 태양의 빛이 사라진다 해도

저 달빛이 사라진다 해도
그대에게 드린 맹세 변함이 없고
그대 사랑하는 마음 태양보다 더 빛나리니
우리의 사랑 영원히 함께해요

때로 침묵의 말씀으로
함구의 몸짓으로 그대를 사랑할게요

우리의 영혼을 풍요롭게 가꾸고
사랑의 결실을 알차게 맺으며
우리 함께 혼과 영을 함께해요

내 사랑하는 신부여
여기 그대의 신랑이 맹세할게요
나의 유일한 사랑
그대만을 평생 사랑할게요

만남

보이는 게 다가 아닌
내면의 가치로 다가왔다

알아 가는 과정이며
기대치를 높이는 존재감이다

희망이란 말이 현실이 되고
행복이란 말이 실현되고 있다

예전에 몰랐던 새로움의 발견
관심과 호기심
더 많이 알고 싶고 자꾸 궁금해진다

멀리에서도 까치발로
한 번 더 보고 싶고
보이지 않는 곳에서도 그리움을 낳는다

만남으로 관계를 지속하며

사랑으로 존재하고 사랑에 빠져든다

어느 누구를 만난다는 것은
예전에 미처 몰랐던 새로움의 발견이며
새로운 삶을 시작하는 놀라움이다

만남으로 인해 세상을 살아가는 힘을 얻고
위안을 받고 용기를 얻는다

만남으로 인해 인생이 다시 시작되었다

희망

인생에서는 누구나 푸르른 날이 있다
황금기를 누리는 시간의 차이가 있을 뿐
시간은 누구에게나 공평하다

단풍이 지고 나면 쓸쓸함이 올 것 같지만
단풍 진 자리 눈꽃 피고
웃음꽃이 된다

한창일 때 젊음이 영원할 것 같으나
세월 앞에 바람이듯
청춘이 가고 나면 고독해질 것 같지만
인생은 중후해지고 지혜로워진다

아파하거나 슬퍼하지 마라
이 순간이 지나면 또 다른 세상이 우리를 반긴다

생존하려는 동물은 계속 움직이며
높이 나는 새는 눈보라를 두려워하지 않는다

인생은 미지의 세계를 개척하며 성취해 가는 것

청춘이 푸르던 날에
빛나던 그 눈동자 그 순간 그 느낌 그 열정을
기억하라

도전하며
희망의 끈을 놓지 않는 한
인생은 위대한 것이다

고향 집

돌아갈 곳이 있다는 것은 행운이며
기다림이 있다는 것은 축복이다

그리운 얼굴들이 반기는
정겨움이 묻어나는 고향 집은

전 부치고
송편 빚는 가족의 기다림이 한가위를 맞는다

그리운 부모님
보고 싶은 형제들
할아버지와 할머니의 함박웃음에

얼룩소와
바둑이가 뛰어놀던 곳

어머니 품같이
아버지 인자함같이

넓고 포근했던 정든 고향은

둥근달을 바라보며 그리움을 먹는
외로움이 되었다

어릴 적 꿈들이
학창 시절 그리움이

코스모스 한들거리듯
동구 밖에서 추억된 그리움이 되었다

국화꽃 한 송이 손에 들고

당신이 부르신 것도 아닌데
국화꽃 한 송이 손에 들고 다가선다

당신이 오라 할 때
나는 한 발치 떨어지려 했고
당신이 보고 싶다 할 때
나는 두어 발짝 물러서 있었다

말없이 눈을 감은 당신 앞에
국화꽃 한 송이 손에 들고 나는 서 있다

그 거리가 무엇이길래
좀 더 가까이 가는 게
무얼 그리 어려운 일이라고

빈손으로 떠나는 당신 앞에
나도 빈손으로 서 있다

당신과 나의 거리는
지금이 제일 가깝다

살아 있을 때 그 멀던 마음의 거리도
당신 앞에 숙연히 서 있으니
이렇게 가까운 것을

당신이 부르신 것도 아닌데
나는 당신 앞에 서서
국화꽃 한 송이 손에 들고
당신께 다가선다

나는 그대의 꽃

꽃 한 송이를 그대에게 드립니다
꽃 한 송이가 우리에게 기쁨과 위안을 주듯이

나는 꽃으로 태어나 향기로 살며
그 향기는 오롯이 그대에게만 드릴게요

많은 나비가 날아오고 벌들이 날아와도
내 마음은 오직 그대뿐
그대가 오실 날만을 손꼽아 기다립니다

꽃 한 송이를 그대에게 드립니다
꽃 한 송이가 우리에게 존경과 사랑을 주듯이

나는 향기로 피어 그대를 유혹하고
그대는 날갯짓으로 나의 향기를 휘날립니다

그대 인생의 청춘은 나의 향기가 진동할 때
나의 향기는 그대의 날갯짓이 있을 때만 청춘입니다

꽃 한 송이를 그대에게 드립니다
소중한 당신에게 아름다운 삶이 활짝 피어날 수 있도록

그대를 사모하는 정 온 정성을 다해
한 송이 꽃으로 활짝 피어날게요

그대가 꽃이라고 부를 때 꽃이 되고
사랑이라 부를 때 살아 있음은
그대만이 온전한 내 사랑이기 때문입니다

노고단

하늘을 우러러보니 천왕봉이요
눈길을 빼앗기니 반야 낙조라
발밑은 망망대해 운해의 바다다

눈꽃이 안개 내리듯 쌓인 노고단은
꽃단장을 마친 선녀가 지상에 꽃으로 내린 듯하다

긴 겨울을 준비하는 산새 소리
강물 흐르듯 청량한 바람 소리

낙조에 불타는 나뭇잎에
살포시 내려앉은 네발나비가 풍요롭다

갈바람에 고운 단풍은 동자승의 미소 같고
살결을 스치는 갈바람은
겨울 강가의 서릿발 같은데

흰 눈 내린 노고단에

곰 발자국 사라지면

설산 고사목에
까마귀 날고

운무 속 달빛같이
큰 스님은 무문관에 들었다

겨울이 오면

낮은 곳에서
더 낮은 자세로 기도하게 하소서

높은 자리에 있어도 거만하지 않고
가진 게 많아도 자랑하지 않고
절제된 마음으로 겸손하게 베풀며
봉사의 나눔을 알게 하시고

가진 게 없어도 비굴하지 않고
낮은 곳에 있어도 좌절하지 않고
당당함과 용기로 희망을 보게 하소서

인생은 공수래공수거
세상은 폭풍 전야의 조각배일지라도
살아 있음을 감사하며 하루하루를 더 성실히 살게 하소서

하나를 더 가진다는 것은
다른 하나를 잃는다는 것임을

하나를 나눈다는 것은 또 다른 축복을 얻고
같이한다는 것은
더 큰 은혜로움을 받는다는 것임을 깨닫게 하소서

인생은 공평한 천계로 가는 나그네
가진 것을 나누면 새로운 축복이 넘쳐 나고
은혜로움은 배가 되며 충만함이 천국에 이른다는 것을
알게 하소서

가진 것에 만족하지 않고 더 많이 가지려고 할수록
소중한 것을 잃게 되며 사랑하는 사람들이 떠난다는
것도 깨닫게 하소서

범사에 감사하며 기쁨으로 맞이하면
만사가 형통임을
더 많이 나누고 더 많이 베풀며 봉사하게 하소서

빈손으로 태어나 빈손을 가는 것이 인생이거늘
욕심을 버리고
태어날 때 참모습으로
본향 가는 길은 맑음으로만 준비하게 하소서

국화

비 내린 자리 꽃이 피더니
바람이 놀던 자리 꽃이 지네

빗방울 내릴 때 아우성치며 솟아오른 생명들
갈바람에 소리 없이 떠나고

땅거미 내린 자리 이슬 한 방울
초승달같이 국화 한 송이 꽃을 피웠다

모든 생물은 겨울 준비에 꽃잎을 접는데
국화꽃 한 송이 보란 듯 도도히 피었다

찬 바람이 세찰수록 국화꽃 탱글이 피여
추위에도 아랑곳 않고 홀로 저리 청정하니

갈바람에 먼 길 나선 기러기 떼
찬 공기 가르며 하늘을 날 때

국화꽃 한 송이
서릿발같이 결연한 꽃을 피웠다

목어

강추위에 강물은 얼어붙었는데
어부는 빙판 위에 앉아 낚시를 하네

강에서 평화롭게 살던 물고기 한 마리
어느 날 영문도 모른 채 잡혀 와
뭍에서 박제가 되었다

살아 있었다면 강의 주인이 되고
세대를 이루어 자자손손 영예를 누렸을 텐데
강가에 살던 물고기 어부의 손에 고향을 떠나오던 날
강제로 환생하여 박제가 되었다

사람들 눈에는
부귀영화를 바라는
소장 가치와 부의 축적 수단으로 열광하지만
박제된 붕어는 겨울 찬 바람이 부는 강이 그립다

죽어서 명예도 영혼을 잃은 영광도

스쳐 지나는 바람만 못하니

펄떡 뛰놀며 자유로웠던
내 고향 강가가 그립다

커피 한 잔

함께라서 참 좋다
같이해서 너무 좋다
우리라서 더욱 좋다

커피 한 잔에도
진심이 담겨 있다면
품격 있는 풍경이 된다

창밖을 바라보고 있는 모습만으로도
고상한 품격일 수 있고

가슴에서 진실이 자라고
눈에 사랑이 담겨 있다면

낙엽이 흩어지는 길목
눈보라가 치는 거리를 걸어도
일상은 충만한 품격이 된다

사랑이 충만한 가슴과
맑은 눈을 같이한다면

보이는 것이 다가 아니듯
보이지 않는 가치의 존중과
있는 그대로의 소소한 일상이
소중한 참 행복이다

사랑할 수 있음에 감사한
가슴에는 진실이
눈에는 사랑이 담겨 있다면

커피 한 잔으로도
인생은 넉넉하고 여유로운
품격이 된다

그 품격의 주인공인 당신
꽃과 향기 같은 당신이라서
커피 한 잔으로도 단아한 품격이 된다

4부

당신이 특별한 것은

당신이 특별한 것은

바라본다는 것은 존중이며
곁에 있다는 것은 믿음이다

손을 잡고 함께 걷는 것은
믿음의 실행이며 동행한다는 의미다

지치고 힘들 때 의지하는 것도
당신을 믿기 때문이다

인생이라는 항로에서
어려움에 부닥쳤을 때

힘이 되고 용기를 얻는 것은
내 손을 잡아 일으켜 주기 때문이며

아끼며 존중하는 것은
작은 일에도 소홀하지 않은
배려와 관심이 한결같기 때문이다

누군가를 사랑한다는 것은

특별한 것이며

그 특별함은 당신과 함께 있기 때문에

더욱 특별한 것이다

억새

햇살 사이로
갈바람이 다가오자
이슬이 안녕 하며 길을 떠나고
고개 숙였던 억새가
하늘 향해 한들거리기 시작했다

바람이 이따금씩 훑고 지나간 자리마다
은빛 억새 흔들림이 눈부시게 빛났다

먼 길을 돌아온 바람이
잠시 숨 고르기 하는 사이

억새의 흔들림이 멈추는가 싶더니
억새밭 끝에서부터
눈부신 은빛 군단이 궐기하듯 다시 일어섰다

장엄한 광경을 지켜보는 건
하늘

구름
바람뿐

억새의 사각거리는 소리에
바람은 오가고 햇빛은 찬란한데
억새의 율동만이 규칙적으로 반복되고 있었다

태양은 자기 갈 길에 바쁘고
바람도 자기 갈 길을 갈 뿐인데
억새의 흔들림만이
저무는 가을을 잡고 있었다

눈

아무도 가지 않은 길을
홀로 걷더라도 외로워하지 마세요

누구도 가 본 적 없는 길을 걷는다는 것이야말로
진정한 도전이며 용기입니다

흰 눈이 쌓인 땅에는 길이 없듯이
새로운 길을 걷는다는 것은
새로운 창조의 길이니
걱정하거나 두려워하지 마세요

별이 길을 안내하고
바람이 위로해 주며
태양이 힘을 줄 거예요

아무도 하지 않는 일
누구도 가지 않은 길을 걷는 그대가
곧 선각자이며 미래를 여는 자입니다

흰 눈 위에 발자국을 남기며
새로운 길을 찾아 고독에 빠져 봐요

고독이 심할수록
성공할 확률과 희망도 크니

진정 그대가 가는 길이 승리의 길이며
최후에도 웃게 될 참된 길입니다

아름다운 사람

봄꽃 향기처럼
상큼함을 주는 사람

햇살처럼 반짝이는 웃음과
싱그러운 나무같이 젊은 생각을 가진 사람

세상의 모진 풍파에도
물같이 순응하고 수수한

휘몰아치는 폭풍우 속에서도
유연하게 적응하며 고운 마음을 가진

다른 사람들보다
욕심이 없고 소소하게 살아가지만

밤하늘의 별처럼 온화한 미소와
푸른 달빛같이 맑은 생각을 가진 당신이 아름다운
사람입니다

손해 볼 때도 정직하고

아픔 앞에서도 의연한

풀잎을 어루만지는 봄바람 같은 당신은

진정 아름다운 사람이며

세상을 밝고 푸르게 하는 희망입니다

진정 아름다운 삶을 살려면

자신을 낮추고 비우세요

빈자리는 타인을 위해 채우며 봉사하라 했습니다

진정 아름다운 사람은

세상을 밝히며

희망을 주는

등불 같은 사람입니다

사랑의 꽃

사막 한가운데서 오아시스가 왜 중요할까요
폭풍우 몰아치는 북극에서 빙산이 왜 소중한지 생각해
본 적 있나요?

누군가를 만난다는 것은 크나큰 기회이며 변화의
시작이지요

그 만남으로 인해 새로운 기회와
또 다른 희망을 얻고 인생을 풍요롭게 하지요

세월은 화살처럼 날아와 번개같이 지나갑니다
날아가는 화살을 잡기가 쉽지 않듯이 기회를 잡기도
쉽지 않지요
그 과정에서 필연을 만난다는 것은 번개 맞을 확률과
같지만
인생에서 3번의 기회가 온다고 합니다

기회가 왔을 때 필연을 알아보고 그 기회를 잡는 것은 더

어렵지요

그 기회는 인연이 따로 있어 한번 인연을 맺으면

끊어지지 않는 끈으로 엮여 인생이 되고 영혼이 되지요

나는 너의 꽃이 되고

너는 나의 향기가 되는 그런 기회이고 연분이지요

사랑이 영원한 것은 정직과 신뢰가 바탕이 되고

운명은 신의 손을 떠나 인간관계로 맺어지지요

사랑하는 사람을 놓지 말고 놓치지 마세요

그게 아름다운 인생이며

서로에게 사랑의 꽃이 되는

아름다운 사람입니다

오아시스가 왜 중요한지

빙산이 왜 중요한지 다시 한번 생각해 보세요

홍시

산사의 홍시
홀로 겨울을 맞는다

동자승이 한 번쯤
창문 열고 내다볼 만도 하련마는
두문불출 수행 정진에 풍경이 멈췄다

목탁 소리 극락전에 울리고
염불 소리 대웅전을 채워도

무문관에 든 스님이 오실 때까지
칩거하여 생각에 깊이를 더하니

아침 햇살 까치 소리
달빛 아래 산 까마귀
중천에 참새 떼가 울고 지나도

동자승은 돌부처가 되어 미동도 없으니

감나무는 주렁주렁

찬 서리에 홍시 된 지 오랜데

까치마저 눈요기만 하고 되돌아간다

수국

꽃송이가 풍성한 너는
전생에 가난했었나 보다

탐스러운 꽃으로
지상을 아름답게 수놓고
수수하게 피는 너는
분명 전생에 가난했었으리라

꽃잎 하나 하얗게
또 다른 꽃은 연분홍
저 건너 한 송이는 초록빛으로
다양하게 피어나는 것을 보아도
단언컨대 너는 전생에 가난했었으리

전생의 가난한 마음이 없었다면
지상에서 웃는 꽃으로 태어날 수 없으니

하얀 꽃은 순수로

붉은 꽃은 욕망의 분출로
초록빛은 희망으로
지상을 풍요롭게 하였으니

분명 천상의 가난함이
지상에 주는 분신임에 틀림없다

청령포

물 맑고
산이 깊어
송림 향기 그윽하다 했더냐?

나는 조선의 국왕이거늘
숙부의 손에 폐위되고 유배되었다

종묘사직을 위한다는 것은 대의명분뿐
권력에 눈이 멀어 왕의 자리를 찬탈했다

산 깊은 오지에 내가 살아 있는 것 자체가 두려워
천만리 머나먼 길 마다 않고 사약을 내렸다

한이 무엇인지 아는가?
진정 아픔이 무엇인지 아는가?

산짐승 들짐승 울부짖음
배고픔과 외로움 다 견디며 참을 순 있어도

가족한테 배신당하고 버림받은 것을 한이라 하고
믿는 사람으로부터 내 것을 온전히 빼앗기니
그것을 아픔이라 한다

후세들이여 잊지 마라
나는 예를 지키고 의를 바로 잡는 조선의 제6대 국왕
단종이다

조선왕조의 역대 국왕 중
가장 완벽한 정통성을 갖춘 적장손으로
할아버지는 세종대왕이시며 아버지는 문종이시다

왕위 복위를 도모하다 나와 같이 죽은 선비를
사육신이라 하고
나를 버리고 산 자를 생육신이라 하니
동학사 내 숙모전에 나와 신하들의 위패가 봉안되었으며
민간과 무속에서 군왕신의 하나로 모셔진다

청령포 노송에게 들으라 한 맺힌 그 절규를
원한을 다하지 못한 꽃 한 송이 붉게 피어나고
그 애통함을 다 삭이지 못한 억새가 찬란히 피어난다

인연

구름에서 벗어난 달은
바다를

계수나무 아래
토끼는 은하수를 건넜다

하늘과 바람
땅의 초목
들녘
산모퉁이

그 끝에 네가 있었다

숨소리조차
들리지 않는 고요 속에서

태양보다 빛나고
푸른 달빛보다 고운

하늘보다도

저 별빛보다도

더 아름다운

그 만남과

그 인연으로

지금 너와 마주하고 있다

그대는 아시나요

동시대를 사는 사람들이
얼마나 멋지고 위대한지를 그대는 아시나요

지금 옆에 있는 동료를 바라보세요
그 사람의 빛나는 눈빛과 열정이 새 역사를 만들어 가고
있네요

함께 일 하는 사람들이 얼마나 고결한지를 그대는
아시나요
곁에 있는 사람의 해맑은 웃음과 다정한 말 한마디가
재도전을 할 수 있는 용기를 주네요

지금 함께 걸어가고 있는 사람이 얼마나 큰 인물인지
그대는 아시나요
한 발씩 앞으로 내딛는 발자국마다 인류의 번영과
미래를 여는 희망이 되네요

마주 보고 있는 사람이 얼마나 숭고한 사람인지 그대는

아시나요
순결한 숨결마다 바라보는 시선마다 맑음이 되고
정화되는 인류의 큰 스승입니다

손을 잡고 있는 사람이 얼마나 사랑스럽고 친절한
사람인지 그대는 아시나요
당신의 부족함을 채워 주고
힘차게 나아갈 수 있도록 중심을 잡아 주는
나침판이라는 것을
그대는 아시나요

주위를 한번 둘러보세요
한 사람 한 사람 나보다 못한 사람이 있나요

당신을 에워싸고 있는 사람들은 모두 다 잘났고
더 위대하고 더 숭고하고
사랑이 넘치며 자비로운 사람들입니다

동시대를 사는 그 사람들로 인해
나도 함께 더 위대한 시대를 여는 역사의 인물임에
감사하며 기뻐하세요

세상이 이토록 아름다울진데 어찌 사랑하지 않을 수
있나요
은혜와 축복 속에 감사한 것이 인생입니다

암자

산은 고요를 품고
바람은 숲에 잠든다

아버지 등 같은 산자락에
암자가 은행 익어 가듯 걸려 있다

속세의 고락을 떠난
해탈의 길에 득도한 성자가 머무는 곳

고독과 어둠 속에서
유혹과 고행을 거듭한 후
부처의 밝음을 얻는다

산허리 아래 굽이치는 강줄기는
인간의 번뇌 같고
암자 오르는 길은
짐을 지고 태산을 오르는 듯한데

이따금 불어오는 바람이

풍경 소리를 울릴 뿐

큰스님은 눈감고 세상을 본다

봄

눈 녹듯
찾아오는 봄을 어이 막으리

바람에 구름 가듯
인연 따라오는 그대를

봄은
햇살 내리듯 밀려오고
연분은
물 흐르듯 다가오니

이 봄엔 내 사랑을 만나
봄꽃처럼 피어나는 연인이 되리

사랑의 향기가
파도처럼 밀려오는 봄꽃의 연인

올봄은

웃음꽃이 봄꽃보다 더 짙겠다

내 사랑은 꽃이 되고
나는 하늘 향해 날리는 향기니

봄꽃처럼
첫사랑의 설렘같이
연인을 맞으러 봄나들이를 떠난다

들꽃

작은 꽃 예뻐 바라보았네
들에 핀 야생화

산 너머 바다 향기
봄바람 살랑
담장 아래 아지랑이
노란 병아리

맑은 봄바람은
가벼운 향기로 마음을 흔들고
일상의 따뜻한 마음에 위안을 주네

작은 꽃 예뻐 바라보았네
들에 핀 야생화

우리의 삶에 아름답게 감동을 주는
그 작은 꽃
큰 의미의 들꽃을

들에는 들꽃 향기
시냇가엔 꽃망울

달래 냉이 상큼함 바구니 가득
가슴마다 봄 향기 넘쳐 나는데

봄바람에
야생화만 한들거리네

동백

파도에 통통배 미끄러져 가고
해풍에 꽃봉오리 피어오른다

먼바다 끝에서 일어난 훈풍이
봄을 깨우고

피어난 동백 꽃봉오리는
가슴에 자리한 사람을 떠올리게 한다

해풍에 땅 밑의 새싹이 트고
동백꽃 두둥실 파도를 타는데

불어라 해풍아 산 너머 개울까지
흘러라 동백 향기 그대 계신 곳까지

달 떠오르듯 해풍이 오고
동백꽃 피어나듯 봄이 온다

해녀

바람이 불던 날
배는 안 오고
파도 위 갈매기만 왔다

빈손으로 돌아온 갈매기는
허공을 한 바퀴 돌고 나서
파도를 타고 다시 되돌아갔다

섬마을에 해 뜨고
별이 지고
달이 내리기를 몇 달
배도 안 오고 갈매기마저 오지 않았다

삶에 지친 아내는 바다에 들어가기를 수천 번
그녀를 해녀라 했다

해녀복의 무게만큼 삶의 무게보다
더 무서운 바닷속이 고향이 되었다

고운 손은 갈퀴가 되고
예쁜 발은 무디어져 감각을 잃은 칠순의 어깨에
해녀복을 메고 바다로 나간다

파도가 일 때도 차라리 바닷속이 편하다
삶의 무게를 아는가
삶이 존재하는 이유를
축복받은 인생은 그렇게 살아간다

갈대

나 하나 없다고 봄이 안 오랴
내 계절은 지난가을이었듯
이미 어린 생명을 잉태한 것을

나 하나 없다고 봄이 안 오랴
산등성이 구름
시냇가 버들강아지
앞마당 매화에 이미 봄빛인 것을

나 하나 없다고 봄이 안 오랴
흙이 풀리고
뿌리가 내린 지 오래
송아지는 이미 풀 냄새를 맡고
아지랑이가 아롱아롱 피어나는걸

나 하나 없다고 봄이 안 오랴
태곳적 친구는 바람이었듯
푸른 잎 돋아

이미 봄빛인 것을

봄이 어디 봄꽃뿐이랴

봄이 어디 봄꽃뿐이랴
꽃향기 짙다 해도
설렘의 가슴만 못 하고

봄이 어디 봄꽃뿐이랴
시냇물이 바다로 흘러도
그대 만나러 가는 맘만 못 하니

봄이 어디 봄꽃뿐이랴
초원의 푸른빛 새싹이 돋아도
그대 손잡고 거닒만 못 하고

봄이 어디 봄꽃뿐이랴
파란 하늘 바닷물도
그대와 함께 있는 것만 못 하니

봄꽃 피어도
그대 웃음만 못 하고

봄꽃이 지더라도

그대와 이별만 못 하니

이 봄이 어디 봄꽃뿐이랴

5부

사랑했다면

사랑했다면

어떠한 경우에도
그 사람을 아프게 하지 마세요

그 사람은
떨어지는 낙엽
스치는 바람에도
감성에 젖는 성격이라

당신이
의미 없이 한 작은 말에도 상처를 입고
사소한 행동에도 아파합니다

진정 사랑했다면
그 사람을 외롭게 하지 마세요

흰 구름 푸른 달
먼 하늘을 날아가는 기러기를 보면서
그리움을 느끼는 성격이라

당신의 무관심에 슬퍼하고
가슴앓이를 하는 사람입니다

진정 사랑했다면
그 사람을 외롭게 하거나 힘들게 하지 마세요

내색하지 않아도
당신이 사소하게 생각하는 말과
행동에 이미 슬퍼하고 가슴 아파합니다

진정 사랑했다면
그 사람을 있는 그대로 보듬어 주고 아껴 주세요

오직 배려하고 존중하며
사랑만 해 주세요

마음

바람은 어디에서 오는 걸까요
산 너머
바다에서
마음속 깊은 곳에서

햇살은 어디에서 오는 걸까요
들녘
초원에서
깊은 동굴 속에서

눈에 보이는 곳에만 바람이 불고
햇살이 있나요

마음의 눈으로 바라보니
하늘에서 우주로
바다 깊은 곳에서 땅끝까지
바람이 불고 햇살이 빛나네요

마음의 눈으로 바라보세요
자유로운 영혼이 맑게 숨 쉬고
더 자유로워질 거예요

가벼운 마음이 더 가볍게
새로운 삶으로
더 넓은 세상으로 안내할 거예요

눈에 보이는 게 다가 아니고
피부에 닿는 게 다가 아니듯

자유로운 생각이
자유로운 영혼이
이렇게 말할 거예요

인생사 마음먹기에 달렸고
자유를 얻으니 가볍다

본향

나 죽어도 울어 줄 이 하나 없는 이 지구에서
기억도 회상도 없는 존재감일지라도

본향 가는 길에
외로운 넋이 외기러기처럼 날아간다 해도

본향은
나의 부모 형제 친구들이 반겨 주는 곳
그리운 그곳으로 나 돌아가리

나 죽어도 울어 줄 이 하나 없는 이 지구에서
미련 없이 자유를 찾아 떠나리

정을 나누었던
나무 들 산
의지했던 하늘 바람 구름
친구였던 실개천
앞마당에 사시사철 돋아나는 풀과 꽃

한결같이 반겨 주던 강아지와 흰 구름
무지개가 뜨는 날 징검다리를 건너듯
가벼이 이 지구를 떠나리

이만하면 족하고 감사한 생이었다고
나 죽어도 울어 줄 이 하나 없는 이 지구에서
난 이제 자유를 찾아 떠나리

봄꽃

바다 끝
동쪽 마을 샛바람이 살갑게 손을 흔듭니다

뒤바람이 산 너머로 사라지자
초록 옷을 입은 높새바람이
한 손에는 새싹을
다른 손에는 꽃봉오리를 안고 인사를 합니다

곁에 서 있던 마파람은
나무에 새싹을 뿌리고
꽃송이를 양지바른 언덕과 앞마당에 놓아둡니다

큰 눈 뜨고 바라보던 얼룩송아지가
들풀 향기에 취하고
마당에서 뛰어놀던 강아지가
화단의 꽃봉오리를 바라봅니다

봄꽃이 살그머니 다가와

두 손을 마주 잡고 인사를 합니다

꽃처럼 향기롭고
들풀처럼 싱그러운
인생의 꽃을 피우라고

동백꽃 진 자리

그 겨울은 아름다웠다
그날의 슬픔처럼

동박새가 날아오르자
꽃잎 떨어지듯 이별이 왔다

동백꽃 진 자리
매화 봉오리 터트리고
봄 오는 길에
산들바람은
유채꽃을 피워 냈다

봄꽃 피는 찰나에
짙은 입술같이 벚꽃도 피고

봄은 어이
이리 예쁘고
봄바람마저 이리 고운데

초록이 상큼하게 손짓하듯

저 멀리서 그대가 걸어올 듯한데

동백꽃 진 자리에 그대는 없었다

대한의 봄

한라에 유채꽃 피어
오동도 동백은 지고
광양 매화 향기 짙더니
산수유 고움이 섬진강을 따라왔다

천년의 봄 경주 벚꽃 곱더니
영취산 진달래 애잔히 피어나면
천상의 화원 황매산 철쭉 붉어라

한탄강은 제비동자꽃을 피워
수려한 산세 맑은 물에 열목어가 뛰논다

대동강 물줄기
묘향산 측백나무 숲

두만강 푸른 물에
백두산 두메양귀비
대한의 봄이 노래하며 춤춘다

삼천리금수강산

한라에서 백두까지

대한의 봄

대한의 꽃이로다

벚꽃

제주 왕벚꽃 피어
진해 벚꽃 춤추니

쌍계사 십리길
경주 벚꽃 고와라

전주 겹벚꽃 흐드러지고
동학사 벚꽃 은은한데
북면 위례 벚꽃은 더욱 좋아라

무심천 수양벚꽃 휘늘어지니
청풍호 벚꽃이 달빛에 빛난다

윤중로 벚꽃길
덕수궁 돌담길은 걸으며 보는 꽃

경포대 벚꽃 달빛을 받으니
영랑호 벚꽃 호반 길에

연인이 전설같이 걷는다

꽃은 길 따라 피고
연인은 물 따라 걷고
벚꽃 향 만연한 봄봄
흥겨움에 산천은 벚꽃 대궐이다

염전

해와 달 바람이 지나는 길에 서 있다

농부가 곡식을 가꾸듯
목동이 양을 치듯
염부는 천일염을 키운다

태양 아래 생동하며
달빛에 정제되고
바람이 말리면
염부의 손에 세안으로 태어난다

땡볕의 갯벌 한가운데서
나이 든 염부가 소금을 친다

지구 끝에 홀로 선 나무같이
사막의 풀 한 포기처럼
정제된 앙금이 수정처럼 빛난다

오롯이 우주를 항해하는 조각배처럼

바닷물 천 그릇에서 소금 한 사발을 얻는다

청산도

바다를 닮은 사람과
사람을 닮은 강아지가
바닷가
유채꽃 길을 걸어간다

파란 바닷물 위로
흰 구름이 멈춰 서고
급할 것 없는 바람이
갈 길 바쁜 사람을 붙잡고 서 있다

시간마저 정지된
느림의 자연
멀리 떠나가는 배를 바라보며
강아지가 봄빛을 즐긴다

잔잔한 파도와
햇빛 반짝임
이따금 불어오는 바람과

들풀의 향기

나른하지 않을 시간에
고깃배 들어오고
붉은 놀 지는
바닷가에 유채꽃이 살랑인다

설중매

밤새 내린 눈이
매화꽃을 감추더니
이른 아침
설중매가 더욱 붉어라

봄이 멈칫하는 사이
통도사 홍매화꽃 피고
화엄사 홍매화 붉어지니
현충사 온유한 홍매화가 그립다

봄은 가슴에서 피는 향기
허난설헌 생가에
홍매화꽃 핀다기에
천 리 길 멀다 않고 달려갔더니

송림 사이 파도 소리 따라
홍매화가 진다

그 붉은 꽃잎 같은 그리움 먹고

이른 봄 함박눈에
설중매는 더욱 붉어지고

계절 잊은 세월에
설중매 붉음 참 곱다

경포대

솔향기 짙어라
벚꽃 향기 그윽하니
상춘객의 발길이 춘풍 같아라

하늘 바다 호수
그대의 눈동자에 달이 있다 했던가

경포호 달빛에 술을 따르니
그대의 모습이 벚꽃 같아라

관동팔경 제일인 경포대에 올라
하늘 담은 호수에 물새 날으니
달빛에 구름
춘풍에 벚꽃 날리네

동해 바다 맑은 물
별빛 안은 경포호
상춘객 발걸음이 춘풍 같은데

호수 건너 솔밭에

난설헌의 시 읊는 소리가

들리는 듯하구나

사랑

꽃은 피고 져도 친절은 가슴에 남고
푸른 잎은 낙엽이 돼도
당신의 웃음은 한결같네

꽃이 향기롭다 해도 당신의 관심만 못 하고
나뭇잎이 싱그럽다 해도 당신의 사랑만 못 하니

단풍이 곱다 한들
눈송이가 예쁘다 한들
당신의 다정함만 못 하네

계절은 변하지만 사랑은 변함이 없고
푸른 하늘도 흐린 날이 있고
맑은 바다도 파도치는 날이 있지만

거울처럼 맑은 당신
보석처럼 영롱한
그대의 영혼은 한결같네

무지개

저 들꽃을 보렴
어디 하나 바람 앞에 흔들리지 않는 꽃이 있든

저 나무를 보렴
어디 하나 비바람을 피해 가는 잎이 있든

저 바다도 한번 바라보렴
폭풍우와 거센 파도
눈보라까지

흔들리며
위태로워 보이지만
앞만 보고 나아가는
통통배도 있단다

들꽃처럼
나뭇잎처럼

감내하지 못할 시련이 없고
극복하지 못할 일도 없으니

조금만 더 참고 견디면
내일은 무지개가 뜬단다

달

인생의 황금기였을 때 둥근달
지금 보니 초승달이 되었네

고뇌 끝에 낙이 오고
번뇌 끝에 득도한다더니
지나온 세월만큼
인생이 지혜롭다

젊음은 육체의 건강이고
노년은 정신의 건강이다

둥근달은 보기 좋아도
감흥이 부족하고
초승달은 부족해 보이나
아름다움의 극치다

즐거움이 지나
힘든 시기가 오고

잎 지고 눈 내리듯
인내의 시간이 시작되었다

초승달은 차츰 둥그러지고
인생의 격도 높아지니
희망이 있기에 인생은 밝음이다

별

어렸을 때 바라보았던 별
나이 들어서도 바라보네

어릴 적 별나라에는 요정이 살았는데
나이 들어도
꿈꾸는 인생은 아름답다

어릴 적 그 별은 여전히 빛나건만
생각이 자란 만큼
인생이 가는 길도 다르다

세상이 힘들어도
별빛은 희망이고
꿈을 꾸는 어릴 적 동심이 천국이다

어렸을 때 바라보던 별
지금도 바라보네

나이 들어 웃을 일만 남았는데

어렸을 때 보았던 별

하늘에 없네